LE RETOUR

DE TENDRESSE,

COMÉDIE

EN UN ACTE ET EN VERS,

MÊLÉE D'ARIETTES;

Représentée pour la premiere fois sur le Théâtre des Comédiens Italiens Ordinaires du Roi, le Samedi premier Octobre 1774.

La Musique est de M. MEREAU.

Le prix est de 24 sols.

A PARIS,

Chez la Veuve DUCHESNE, Libraire, rue Saint-Jacques, au-dessous de la Fontaine Saint-Benoît, au Temple du Goût.

M. DCC. LXXIV.

Avec Approbation & Privilége du Roi.

ACTEURS.

LUCAS, Vigneron.	*M. Nainville.*
PERRETTE, sa Femme.	*Mad. Bérard.*
ROSE, leur Fille.	*Mad. Billioni.*
COLIN, Amoureux de Rose.	*M. Julien.*
BABET, Nièce de Perrette.	*Mlle Beaupré.*
LE BAILLI.	*M. Trial.*

La Scène est dans un Village.

Nota. Cette Piece est imitée de la RÉCONCILIATION VILLAGEOISE, Comédie en Prose & en Ariettes, mise au Théâtre par M. *Poinsinet*, au mois de Juillet 1765. On en a conservé l'intrigue & quelques détails qui ont paru faire plaisir dans le tems.

LE RETOUR
DE TENDRESSE,
COMÉDIE.

SCÈNE PREMIERE.

ROSE, *seule.*

ARIETTE.

Qu'est devenu l'Amant que j'aime?
Colin, Colin, qui peut te retenir ?
Pour adoucir ma peine extrême,
Hâte - toi donc de revenir.

Quand je languis d'impatience,
Qui peut donc causer sa froideur ?
Dieux ! si c'étoit son inconstance !...
N'est - ce pas assez de l'absence
Pour tourmenter mon tendre cœur ?

A ij

Qu'eſt devenu l'Amant que j'aime ?
Colin , Colin , qui peut te retenir ?
Pour adoucir ma peine extrême ,
Hâte - toi donc de revenir.

SCÈNE II.

ROSE, COLIN.

COLIN.

ME voilà , diſſipe tes craintes.

ROSE.

Tu le vois , je penſois à toi ,
Et ton abſence étoit le ſujet de mes plaintes ;
Mais d'où viens-tu donc ? Et pourquoi
Depuis deux jours . . . .

COLIN.

Eh ! mais , ton pere
Ne m'a-t-il pas défendu ſa maiſon ?
Pour tâcher cependant d'adoucir ſa colere ,
Et lui faire entendre raiſon ,
J'ai vu notre Baïlli . . .

ROSE.

C'eſt bien fait.

COMÉDIE.

COLIN.

Oui, j'espere.

Il s'intéresse à nous ; il protege nos feux :
Par ses soins nous serons heureux.

ROSE.

Ah ! s'il ne tenoit qu'à ma mere !

COLIN.

Je le sçais , ta mere est pour nous :
Mais son secours est peu de chose.
L'inimitié qui regne entre ces deux Epoux
Fait qu'aux desirs de l'un toujours l'autre s'oppose.
Jamais , jamais sont-ils d'accord ?

ROSE.

Hélas !

COLIN.

Toujours des disputes nouvelles.

ROSE.

Sur tout.

COLIN.

Des cris & des querelles ;
C'est à qui chaque jour s'emportera plus fort.

ROSE.

Et tu crois le Bailli capable
De vaincre cet obstacle ?

COLIN.

Il me l'a bien promis.

ROSE.

Voudront-ils fuivre fes avis ?

COLIN.

S'il trouve, m'a-t-il dit, un moment favorable,
Il en profitera.

ROSE.

Je n'ofe l'efpérer.
Je vois le fort qui nous menace :
De notre amour, Colin, je prévois la difgrace,
Et rien ne peut me raffurer.

COLIN.

ARIETTE.

L'efpérance a tant de charmes ;
Livrons-nous à fes douceurs;
Et, par de vaines allarmes,
Ceffons de troubler nos cœurs.

Je t'aime d'amour extrême ;
Et d'avance je jouis
Du bonheur qui m'eft promis.
Ah! fi tu m'aimois de même,
Tu ne verrois que les biens
Que promettent nos liens !

L'efpérance a tant de charmes !
Livrons-nous à fes douceurs;
Et, par de vaines allarmes,
Ceffons de troubler nos cœurs.

SCÈNE III.

ROSE, COLIN, BABET.

BABET, *accourant.*

Bonne nouvelle, mes amis.

ROSE & COLIN.

Quoi donc, quoi donc ?

BABET.

Chere Couſine ;
Tout ira bien pour vous ; c'eſt moi qui vous le dis.

COLIN.

Qu'eſt-il donc arrivé ?

BABET.

Vous en ſerez ſurpris.

ROSE.

Parle donc.

BABET.

Devinez.

COLIN.

Que veux-tu qu'on devine ?

A iv

8 LE RETOUR DE TENDRESSE,

BABET.

ARIETTE.

Entre Perrette & Lucas. . . . .
Ah : j'en fuis encore émue :
Entre Perrette & Lucas,
Plus de bruit, plus de tracas :
Enfin la paix eft conclue ;
Ils n'auront plus de débats.

COLIN & ROSE.

Que nous dis-tu ?

BABET.

Ce que j'ai vu.
Entre Perrette & Lucas,
Plus de bruit, plus de débats.
Je les ai vus de mes yeux ;
Ils s'embraffoient tous les deux.
Lucas difoit à Perrette :
« Oui, morgué ! la paix eft faite.
» Entre nous deux plus de train.
» J'y confens, mets là ta main ;
» Tope, ma petite femme.
» J't'aime de toute mon ame. . . . .
» J't'aime auffi,
» Mon cher mari.
» La paix dans notre ménage ;
» C'eft un fi doux avantage !
» Eft-il un plus beau tréfor ? . . . .
» T'as raifon, j'en fuis d'accord.
Et puis d's'embraffer encor.

COMÉDIE.

COLIN & ROSE.

Que nous dis - tu ?

BABET.

Ce que j'ai vu.
Ah ! j'en suis encore émue.
Entre Perrette & Lucas
Plus de bruit, plus de tracas.

ROSE.

Est-il possible ?

COLIN.

Enfin nous allons être unis.

BABET.

Ils ont envoyé vîte, vîte,
Chez Monsieur le Bailli.......

COLIN.

Bon.

ROSE.

Fort bien.

BABET.

Quoi ?

COLIN.

Poursuis.

BABET.

Lui dire comme ça de venir tout de suite.

ROSE.

A merveille.

COLIN.

Je suis au fait.

BABET.

Oh ! j'y suis bien aussi.

COLIN.

Tu sais donc quelque chose ?

BABET.

Ils ne me l'ont pas dit, mais je sais le secret ;
C'est qu'à vous marier bientôt on se dispose.

COLIN.

Je le crois.

ROSE.

Je le crois.

BABET.

J'en suis bien-aise aussi.

ROSE.

Pourquoi ?

BABET.

Quand vous serez pourvue,
Des galans, à mon tour, je fixerai la vue ;
Je ne tarderai guere à trouver un mari.

COLIN.

Vous le méritez bien.

BABET.

Mais mon Oncle s'avance ;

ROSE.

Ma mere est avec lui.

COLIN.

Qu'ils ont l'air satisfaits !

ROSE.

S'ils pouvoient être ainsi toujours d'intelligence !

SCÈNE IV.

ROSE, BABET, COLIN, LUCAS, PERRETTE.

LUCAS *à sa femme, sans voir les autres.*

Tiens, ma femme, entre nous, n'ayons plus de procès ;
Ça nous fait du tort dans le monde.

PERRETTE.

Je le crois bien : si tu savois
Ce qu'on dit par-tout à la ronde . . . .
Hier encor la vieille Macé ,
(C'est une langue de Vipere,)
Du plus loin qu'ell'me voit : *dites donc, ma Commere,*
Votre Ours est-il apprivoisé ?

LUCAS.

Votre Ours ! votre Ours ! Ah ! la vieille sorciere !

Et moi Dimanche, au Cabaret,
J'étois tranquille avec Guillaume ;
V'là Mathurin & puis Jérôme,
Et ce gausseux de Colinet ;
Ils entrent, & sur notre compte,
J'les entends tous trois jaboter :
Ç'pauvre Lucas, il se laisse traiter
Comme un nigaud, fi ! ça fait honte.
Il n'a pas d'cœur. Dans ma maison,
Si j'avois femme de la sorte,
Par la ventregué ! ... Tais-toi donc ;
Il tremble devant elle, &, s'il haussoit le ton,
Elle est femme, morguenne ! à la mettre à la porte.

PERRETTE.

A la porte, mon cher ami !
Voyez un peu la médisance !
A la por te!

LUCAS.

Eh bien ! j'suis ravi ;
J'vois ton bon cœur.

PERRETTE.

Ah ! Dieu merci,
Aux propos j'impos'rons silence.

LUCAS, *à Colin & à Rose.*

Vous voilà mes enfans ? tant mieux.

COLIN.

Bon jour, Monſieur Lucas ; vous voilà bien joyeux !

LUCAS.

Grace à la bonne humeur de ma chere Perrette.

ROSE.

Maman n'eſt pas moins ſatisfaite.

PERRETTE.

Je n'eus jamais tant de plaiſir.

LUCAS.

Ah çà ! le Bailli va venir.
C'eſt un gourmet ; & moi, pour couronner la fête,
Je prétends bien lui tenir tête.
Babet, va nous chercher de quoi nous rafraîchir,
Quelque choſe à manger. Morgué, faiſons bombance,
Vive la joie ! allons.

BABET.

J'y cours en diligence.
(*Elle ſort.*)

SCÈNE V.

ROSE, COLIN, LUCAS, PERRETTE.

LUCAS.

ARIETTE.

Déja je me fens renaître.
La Gaieté va reparoître,
Pour nous donner d'heureux jours.
Ma maifon, féjour tranquille,
Déformais fera l'afyle
De la Paix & des Amours.
Ma Perrette,
Ma Rofette,
Cher Colin, mes chers enfans,
Chere femme,
Dans mon ame
Je fens ranimer ma flamme.
Comme nous, à la tendreffe
Livrez-vous tous deux fans ceffe.
C'en eft fait; & pour long-tems
Nous voilà tretous contens.

COLIN, à Rofe.

Tu le vois, notre affaire eft fûre.

ROSE.

Oui, Colin, pourvu que ça dure.

LUCAS, *à Colin & à Rose.*

Pour vous, mes chers enfans ,... je connois votre ardeur.

COLIN.

Nous nous aimons avec constance.

LUCAS.

Et cet amour aura sa récompense ;
Je veux faire votre bonheur.

PERRETTE.

V'là donc qu'est décidé.(*Aux Amans.*)Pour votre mariage
Je vais tout disposer.

LUCAS.

Un moment, un moment.

PERRETTE.

Ordonner les apprêts...

LUCAS, *la retenant.*

Allons tout doucement ;
Ne faisons point tant d'étalage.

PERRETTE.

Oh ! je veux de l'éclat.

LUCAS.

Moi, je n'en voudrois pas.

PERRETTE.

Il en faut : & c'est-là le cas.

LUCAS, *cédant avec peine.*

Soit : mais c'est mal.

PERRETTE.

> C'eſt bien, c'eſt bien ; laiſſe-moi faire.

COLIN, *à Perrette*.

Mais cela n'eſt pas néceſſaire.

LUCAS.

Il faut encore que mon frere
Soit prévenu ...

PERRETTE, *avec aigreur*.

> Ton frere ? ah ! ne m'en parle pas.

LUCAS.

Mon parent le plus proche !

PERRETTE.

> Il eſt d'un caractère

Que je ne puis ſouffrir.

LUCAS.

> Il te parle raiſon,

(*Entre ſes dents.*)
Et ce n'eſt pas toujours le moyen de te plaire.

PERRETTE.

Suffit que, s'il revient encore à la maiſon,
> J'en ſortirai, moi.

LUCAS, *comme cédant malgré lui.*

> Bon.

ROSE.

Mais ces difficultés nous retardent, ma mere.

> PERRETTE.

PERRETTE.

Ce n'est rien. Votre hymen est toujours assuré.

LUCAS.

J'ai donné ma parole, & je vous la tiendrai.

ROSE.

Et quand!

LUCAS.

Quand?... dans un mois, au plus tard, je termine.

COLIN.

Dans un mois!....

PERRETTE.

Bon! c'est qu'il badine.

Allez, mes enfans, à demain.

LUCAS.

Ça n'se peut pas.

PERRETTE.

Pourquoi?

LUCAS.

Ça n'se peut pas, te dis-je;
Parce que.... tu sens bien....Enfin....

ROSE.

Dans un mois, juste Ciel!

LUCAS.

La raison qui m'oblige.....

ROSE.

Mais le plutôt seroit le mieux.

LUCAS.

Paix, laissez-moi dire .... Je veux ....

PERRETTE, *l'interrompant.*

Lucas, tu m'as promis que, pour aucune cause,
Tu ne te servirois de ce vilain mot-là.

LUCAS.

Mais le mot est fait pour la chose.
Si j'ai droit de vouloir....

PERRETTE.

Je ne conviens pas d'ça.

LUCAS.

Mais je suis Pere de famille ;
Il faut bien, tout au moins, pour marier ma fille,
Que je le veuille un peu.

PERRETTE.

Ma volonté suffit.

LUCAS.

Te voilà ! te voilà ! le moindre mot t'aigrit.

PERRETTE.

C'est que tu fais toujours le maître.

LUCAS.

Et je ne le suis pas peut-être ?

ROSE, *à sa mere.*

Calmez-vous.

COLIN, *à Lucas.*

Calmez-vous : faut-il donc pour un rien....

LUCAS, *à sa femme.*

Ecoute, je suis doux, complaisant & tranquile.
Un Enfant n'est pas plus docile ;
Mais, Perrette, par grace, tien,
Fais-moi le plaisir de te taire.

PERRETTE.

Me taire ! ah, le trait est plaisant !

COLIN.

Monsieur Lucas !.....

ROSE.

Chere Maman :...

LUCAS, *à Colin.*

Ça n'fait point d'tort à votre affaire.

PERRETTE.

Me taire ! je n'saurois digérer celui-là.
De tout tems j'ai parlé, je veux parler encore,
Et ce ne s'ra pas toi, pécore,
Qui jamais m'en empêchera.

LUCAS.

Eh bien ! parle, langue maudite ;
Parle, mais fais ma volonté.

ROSE.

Ah ! Colin, l'orage s'irrite :
Adieu notre félicité.

QUATUOR.

LUCAS.	COLIN.	ROSE.	PERRETTE.
Cede-moi, je t'en supplie.			Moi céder! non, de ma vie.
C'est ton devoir, tu l'as promis.			Jamais, jamais : je m'en dédis.
	Monfieur Lucas, je vous en prie.	Maman, maman, je vous en prie.	
Mais je t'en prie ; Je t'en supplie.			Non, de la vie. Non, de la vie.
C'est ton devoir, tu l'as promis.	Plus que jamais ils font aigris.	Pour nous l'espoir n'est plus permis.	Jamais, jamais : je m'en dédis.
J'fuis ton mari.			Moi j'fuis 'ta femme.
C'est pour cela.	Ce titre-là	Ce titre-là	C'est pour cela.
Si tu ne veux changer de gamme,	Ne doit-il pas toucher votre ame?	Ne doit-il pas toucher votre ame?	Si tu ne veux changer de gamme,
L'un de nous deux en pâtira.			Nous verrons qui l'emportera.
Par la douceur j' veux bien m'y prendre.			De la douceur ! vous ét'témoins.
Vous le voyez, vous ét'témoins.			Y a-t-il moyen de s'faire entendre?
Mais, passangué! si j'perds mes soins. Elle l'sait bien, je n'suis pas tendre.			
Ma chere amie....			Ah le fournois !
Je t'en supplie, cede une fois.			Va, va, je ris de tes menaces, Quoi que tu dis'ou que tu fasses.
Tais-toi, tais-toi.	Ah! quel tapage ! Je perds courage.	Ah ! quel tapage ! 'e perds courage.	
Cede, crois-moi.			J'te mets au pis, malgré tout ça.
Je suis le maître, on le verra.	Ah ! notre amour en souffrira.	Ah ! notre amour en souffrira.	Ç'qu'est dans ma tête y restera. On verrra qui l'emportera.

LUCAS.

Vas-tu faire comm’ l’autre jour ?
Vas-tu recommencer la scène ?
Tu sais que j’n’ai pas le bras gourd,
Quand je veux m’en donner la peine.
Si tu l’as oublié.....

PERRETTE.

Tais-toi.
On sait bien que mon sort ne sauroit être pire ;
Mais je m’en moque, & c’est à moi ,
De régler tout à mon gré, de prescrire....
Rose est ma fille.

LUCAS.

C’est-à-dire
Qu’elle n’est pas la mienne ?

PERRETTE.

C’est-à-dire....
Point d’explication.... Approche, ici Colin ;
Prends la main de ma fille, & sois sûr que demain...

COLIN.

Très-volontiers.... chere Rosette :
Oui, vous avez toujours raison, Dame Perrette.

LUCAS.

Fort bien, & moi j’ai toujours tort !
A la bonne heure. Mais je ne veux pas d’un gendre
Qui de ma femme en tout devienne le support.

Quand ils feroient ainfi d'accord,
Je ne pourrois plus me défendre.
(*A Colin.*)
V'là ma fill'.... r'gard'-la bien, & fais-lui tes adieux.
Décampe.

PERRETTE.

Refte.

LUCAS.

Sors.

PERRETTE.

Demeure, je le veux.

LUCAS.

Sors à l'inftant, ou je t'affomme.

COLIN.

Tout beau, tout beau, Monfieur Lucas.
Je vous dois du refpect, mais n'vous y jouez pas,
Vous n'auriez pas trouvé vôtre homme.

ROSE.

Colin, que dites-vous?

PERRETTE.

Il fait bien ... Le méchant !

ROSE, *à Colin.*

Voulez-vous augmenter ma peine?

PERRETTE.

Ah fi j'pouvois rompre ma chaîne !

LUCAS.

Si j'te voyois crever, que je ferois content

SCÈNE VI.

LES MÊMES, BABET, LE BAILLI.

BABET, *portant une bouteille, des verres & une affiette.*

V'LA Monfieur le Bailli, mon oncle ; & j'vous apporte
Ç'que vous m'avez d'mandé.

PERRETTE, *à Babet, avec colere.*

Qu'eft qu'tu viens faire ici ?

BABET.

C'eft mon oncle.....

PERRETTE, *renverfant tout ce que tient Babet.*

Voilà le cas que j'fais de lui,
Et de ç'qu'il c'mande.

LE BAILLI, *étonné.*

Oh, oh ! que veut dire ceci ?

BABET.

Quel nouvel accès la tranfporte ?

PERRETTE.

(*Dès qu'elle apperçoit le Bailli, elle compofe fa figure,
& feint de pleurer.*

ARIETTE.

Eft-il femme plus à plaindre,
Plus malheureufe que moi ?
D'un mari fubir la loi,
Avec qui j'ai tout à craindre !
Eft-il femme plus à plaindre,
Plus malheureufe que moi ?

24 LE RETOUR DE TENDRESSE,

(*Vivement.*)

C'en eſt trop,

Vieux Magot.

Tu ſauras,

Tu verras

Qu'une femme qu'on outrage

Eſt terrible dans ſa rage.

T'as beau faire,

Ta colere. . . .

Je m'en moque, je la brave.

En eſclave

Tu prétends me traiter,

M'excéder !

Moi, céder !

(*Elle recommence ſes pleurs.*)

Eſt-il femme plus à plaindre,

Plus malheureuſe que moi ? &c.

(*Plus vif.*)

Mais je ſaurai me venger.

Oui, pour te faire enrager,

Je vais faire un beau vacarme,

Répandre par-tout l'allarme.

Comme un Diable, ſur tes pas,

Nuit & jour, tu me verras ;

Tant qu'il ſoit bien décidé,

Qu'on fera ma volonté.

(*Elle ſort.*)

BABET, ROSE & COLIN *s'en vont avec elle.*

SCÈNE VII.

LE BAILLI, LUCAS.

LUCAS.

EH bien ! Monfieur l'Bailli, vous en êtes témoin.
Trouve-t-on comme ça deux femmes dans le monde ?

LE BAILLI.

Sur la paix des Epoux fi le bonheur fe fonde,
Mon ami, vous en êtes loin.

LUCAS.

Mais quel remede à ça ? Que faire ?

LE BAILLI.

(*Il fouille dans fes poches à plufieurs reprifes.*)
A dire vrai, je n'en vois guere.

LUCAS.

Qu'cherchez-vous donc avec tant d'foin ?

LE BAILLI, *cherchant toujours.*

C'eft qu'en paffant par la prairie,
J'ai vu là nombre d'Egrillards
Qui n'ont pas la main engourdie ;
Et je cherche fi ces gaillards

N'auroient pas eu la courtoisie
De me débarrasser d'une bourse garnie
De quarante louis comptant.....

LUCAS.

C'est-à-dire, à-peu-près, mille francs ?

LE BAILLI.

Tout autant.

(*La tirant de sa poche.*)
La voici.

LUCAS.

La somme est jolie.

Ah ! Monsieur le Bailli que vous êtes heureux !
Point de femme & toujours de l'argent dans la poche ;
Toujours la paix , point d'anicroche ;
Il n'tient qu'à vous d'être toujours joyeux.
Mais moi, moi Vigneron, hélas ! moi pauvre here !
Destiné dès l'enfance à ne pouvoir choisir
Que le travail ou la misère ;
Fatigué du présent, redoutant l'avenir,
Et n'ayant du passé qu'un triste souvenir ;
Le chagrin, nuit & jour, s'empare de mon ame.
Qu'on ait la paix chez soi , tout du moins on renaît.
Mais, pour comble de maux , une femme, une femme !
Enfin vous voyez ce qu'en est.

LE BAILLI.

C'est fâcheux , j'en conviens.

LUCAS.

Vous qu'avez du génie,
Eclairciffez-moi, je vous prie.
Quand on fait tant qu' de s'marier,
Si l'on a le malheur de trouver en ménage
Femme comme la mienne, intraitable & fauvage,
N'y a donc plus d'autr' parti que de s'aller noyer ?

LE BAILLI.

Ce feroit le plus courr. Ce n'eft pas le plus fage.
Il eft d'autres moyens qu'on peut mettre en ufage.

LUCAS.

Et quels font-ils ? daignez me l'expliquer.

LE BAILLI.

La douceur....

LUCAS.

Bon ! ça n'fait qu'l'irriter davantage.

LE BAILLI.

Les coups.....

LUCAS.

Je n'l'y en laiff'pas manquer ;
Mais c'eft de la peine perdue.

LE BAILLI.

Vous l'avez donc déjà battue ?

LUCAS.

Pargué ! je vous l'demande ; un caractere altier !

LE BAILLI.

En ce cas, mon ami, voici ce que je penfe :
Quand on eft partagé d'un auffi mauvais lot,
Il eft de la prudence
De prendre patience,
Et de fouffrir fans dire mot.

ARIETTE.

L'eau que l'on captive
En devient plus vive,
Et coule plus rapidement.
C'eft un torrent. (*Bis.*)
C'eft un débordement.

Le feu qu'on excite
Tout-à-coup s'irrite ;
La flamme va tout dévorant.
C'eft un volcan. (*Bis.*)
C'eft un embrafement.

Femme qu'on obftine
Ainfi fe mutine ;
Pour l'amener à fon but,
Il faut aller.... chut.... chut...,
Tout doux.... tout doux....
Ou bientôt fon humeur quinteufe
Devient cent fois plus dangereufe,
Que l'onde & la flamme en courroux.

LUCAS.

(*A part.*)
Cela me conviendroit : il faut que je propofe....

(*Haut.*)
Morgué ! j'penfons toujours à ç'rouleau de louïs.

LE BAILLI.

Si vous voulez tous deux écouter mes avis,
Tout ira bien ; mais parlons d'autre chofe.
Depuis long-temps vous favez que Colin
Recherche votre fille. A lui je m'intéreffe.
Penfez-vous tout de bon à les unir enfin ?

LUCAS.

Oh ! nous verrons ça ; rien ne preffe.

LE BAILLI.

C'eft un parti fortable de tout point ;
Quoique jeune, il eft fage & d'un bon caractere.

LUCAS.

Cela fe peut : mais j'n'en veux point.

LE BAILLI.

Avez-vous contre lui quelque reproche à faire ?

LUCAS.

Non : il eft fage , honnête , aimable ; mais il a
Un défaut qui lui fait bien du tort dans mon ame.

LE BAILLI.

Vous m'étonnez , quel eft ce défaut-là ?

LUCAS.

C'eft qu'il eft trop fouvent du parti de ma femme.

LE BAILLI.

Mais Perrette eſt très-fort décidée ....

LUCAS.

      Eh bien ! moi,
Je me décide auſſi. Je voi
Que c'eſt un parti néceſſaire ;
N'y a pas à balancer.

LE BAILLI.

      Que prétendez-vous faire ?

LUCAS.

M'en aller, mais ſi loin qu'on n'me r'verra jamais.
Vous avez là de l'argent frais.

LE BAILLI.

Mais vous n'y penſez pas.

LUCAS.

     Pardonnez-moi, j'y penſe.
Dans l'enfer où je ſuis je ne veux plus reſter.
Quelque jour, voyez-vous ! je perdrois patience,
Et ça finiroit mal. Il vaut mieux tout quitter.
J'ai, pour bien, ma maiſon paſſablement fournie ;
Et des vignes ; le vin que j'en retire eſt bon ;
Vous en avez goûté nombre de fois. Or donc
De tout cela je fais deux parts....

LE BAILLI.

      Quelle folie !

LUCAS.

J'laiſſe à Perrette la maiſon,
Les meubles dont elle eſt garnie ;
Et je vends à l'inſtant mes vignes, & je pars.

LE BAILLI.

(À part.)

Et vous partez ? plaiſant caprice !

LUCAS.

Et je pars.

LE BAILLI, *réfléchiſſant.*

Oui.... mais oui.... malgré tous vos écarts,
Dans cet arrangement je vois de la juſtice.

LUCAS.

Ç'n'eſt pas l'tout. Faut m'aider.

LE BAILLI.

Moi ? pour vous ſéparer ?

LUCAS.

C'eſt nous rendre à tous deux ſervice.

LE BAILLI.

Souffrez que la raiſon puiſſe vous éclairer.

LUCAS.

Qu'eſt qu'ça vous fait ? quel ſcrupule eſt le vôtre ?
Mes vignes ſont à vendre, & vous êtes en fonds.
Ach'tez-les ſans tant de raiſons ?
Autant que ce ſoit vous qu'un autre.

LE BAILLI.

(*A part.*)
Feignons d'y confentir. Cela me fervira
En tems & lieu.

LUCAS.

Que marmotez-vous-là ?

LE BAILLI.

(*Haut.*)
Voyons ; avant de rien conclurre ,
A quel prix portez-vous vos yignes ?

LUCAS.

J'vous affûre
Que j'vous lâch'rai la main , parç'que vous l'méritez ,
Vous avez toujours eu pour nous tant de bontés !...

LE BAILLI,

Encor ?

LUCAS.

Vos mille francs.

LE BAILLI.

Oh , oh !

LUCAS.

En confcience.
Ell' valent mieux .

LE BAILLI.

Bon ! bon !

LUCAS.

Quand j'vous le di ;
Profitez de la circonftance.

LE BAILLI.

LE BAILLI.

Allons..... Vous êtes mon ami ;
J'y confens. Pour vous fatisfaire,
Voilà la fomme.

LUCAS.

Grand merci.

LE BAILLI.

Maintenant il s'agit d'aller chez le Notaire,
Pour dreffer l'acte néceffaire ;
Et j'y vais de ce pas.

LUCAS.

Allez toujours devant,
Monfieur l'Bailli ; j'vous r'joins dans le moment.
(*Le Bailli fort.*)

SCÈNE VIII.

LUCAS, *seul.*

ARIETTE.

Dans un calme heureux,
Au gré de mes vœux,
(*Montrant la bourse.*)
Voilà de quoi passer ma vie.
    Loin de ma Furie,
    Avec cet argent,
    Joyeux & content,
Ah, que mon sort sera charmant !

Plus de souci, plus d'humeur noire ;
    Tout à loisir
    Je pourrai boire,
Rire, chanter à mon plaisir,
Sans craindre qu'à la maison,
Une diablesse, une Mégère,
Me fasse une éternelle guerre ;
Chemin faisant quelque tendron....
    Non, sur mon ame ;
    Non, tout est dit.
Pour l'aimer ce sexe maudit,
Il ressemble trop à ma femme.

Dans un calme heureux , &c.

Songeons à cacher cette bourse
Quelque part loin de tous les yeux ;
Et, muni de cette ressource,
Demain, sans dire mot, j'm'absente de ces lieux.

SCÈNE IX.

LUCAS, ROSE, BABET.

ROSE, *accourant.*

Mon pere !...

BABET, *accourant.*

Mon oncle !...

LUCAS.

Eh bien, qu'est-ce ?

ROSE.

C'est ma mere.

BABET.

Ma tante... Ah, craignez son courroux.

LUCAS.

Je la mets au pis la diablesse.

BABET.

Si vous saviez ce qu'elle dit de vous !

C ij

L U C A S.

Je lui permets.

B A B E T.

Ell'court tout le Village.

L U C A S.

Ell'n'est donc pas à la maison ?

R O S E.

Non.

L U C A S, *à part.*

Tant mieux.

B A B E T.

Ell'fait un tapage !...

L U C A S.

J'y vais moi, j'y vais....(*A part.*) Pour raison,
Profitons du moment.

R O S E.

Pour calmer sa colere,
Je lui dis bonnement : mais, maman, c'est mon pere ;
Ton pere, v'là pour lui ; tiens, porte lui cela.

L U C A S.

Un soufflet !

B A B E T.

Le meilleur qu'elle ait eu de sa vie.

R O S E.

Comme si pour avoir proferé ce mot-là,
J'avois dit quelque menterie.

L U C A S.

La coquine ! Ell'me le paiera.
Oui, je vais... Oh! je vais... (*A part.*) chez moi serrer cela.
Et puis, bon soir la compagnie.
(*Il sort.*)

SCÈNE X.
ROSE, BABET.

ROSE.

EH bien, chere coufine?

BABET.

Eh bien ! je vous entends ;
Vous craignez que ce contre-tems
Ne nuife à votre mariage.

ROSE.

Ah ! je crains bien plutôt de le voir s'accomplir,
Et le moment où l'on s'engage
Me fait trembler , quand j'ofe y réfléchir.
Deux Amants font épris de la plus vive flamme ;
Les mêmes fentimens reglent leur volonté,
Tous deux n'ont qu'un cœur & qu'une ame,
Et cet accord charmant fait leur félicité. . . .
Arrive enfin l'inftant qui flatte leur tendreffe.
Tous deux font le ferment de fe chérir fans ceffe ;
On croit que le bonheur fuivra des nœuds fi doux.
Vain efpoir qui trahit l'Amant & la Maitreffe !
Jour terrible & fatal & pour eux & pour nous !
Eft-ce leur faute , eft-ce la nôtre ?
En vain de leur deftin tous les cœurs font jaloux :

C iij

Le moment qui les rend Epoux ,
Les rend ennemis l'un de l'autre.

BABET.

Ça n'eſt pas toujours vrai , demandez à Colin.

ROSE.

Et que me dira-t-il ? Ce qu'on dit, quand on aime ;
Ce que pour lui je dis de même ;
Mais un jour tout cela peut changer … car enfin …

BABET.

Quand on raiſonne tant , c'eſt que l'on n'aime guere.

ROSE.

Je ne l'aime que trop , je le nierois en vain ,
Et c'eſt ce qui me déſeſpere.

ARIETTE.

On fait mal de ſuivre l'Amour.
Par l'éclat d'un faux jour ,
Il ne fait qu'amuſer notre ame.
C'eſt pour nous égarer qu'il fait briller ſa flamme.
On fait mal de ſuivre l'amour.

BABET.

Couſine , c'eſt penſer , c'eſt parler à merveille ;
Mais ſois de bonne foi : tu n'en crois pas un mot.
C'eſt le dépit qui te conſeille ;
Mais il ſe paſſera bientôt.

ARIETTE.

Au cœur d'une jeune filletre ,
Certaine voix toujours répète :
« Aimez , aimez , rien n'eſt ſi doux »

La Raison févère
Lui dit au contraire :
« Prenez garde à vous,
» Voyez les époux ;
» Ils maudiffent tous
» L'inftant où fe forma leur chaîne.
» Craignez, craignez la même peine».
Difcours perdu :
Le cœur prévenu
N'ouvre l'oreille
Qu'à l'Amour qui le confeille.
Moi-même je fens cela.
Oui, j'entends là,
Là, là ;
J'entends cette voix fecrette,
Qui fans ceffe me répète :
« Aimez, aimez, rien n'eft fi doux ».

SCÈNE XI.

ROSE, BABET, COLIN.

COLIN, *accourant.*

Rose, Babet, vous ne le croirez pas ;
Je viens de la maifon, j'y cherchois votre pere.
Par mes foumiffions je me flattois, hélas !
De le rendre à mes vœux, s'il fe peut, moins contraire.

ROSE.

Eh bien ?

BABET.

Eh bien !

COLIN.

Je n'ai trouvé que votre mere
Qui caffoit, brifoit, mettoit tous
Les meubles fens-deffus-deffous ;
Je ne la connois plus, tant elle eft en colere.
Ah, Rofette ! qu'allons-nous faire ?

BABET.

Elle a déja pris fon parti ;
Et, fi vous avez du courage,
Comme elle, vous pouvez faire tête à l'orage ;
Point d'amour, point d'hymen, & tout fera fini.

COLIN, *à Rofe.*

Que dit-elle ?

ROSE.

Oui, cedons au fort qui nous accable ;
Nous nous aimons, Colin, & c'eft tout mon plaifir ;
Mais l'hymen à mes yeux paroît trop redoutable.
Si nous allions tous deux quelque jour nous haïr !...

COLIN.

Moi te haïr jamais !... Ah ! m'en crois-tu capable ?

DUO.

Rofe. { Tout ce que je vois m'épouvante ;
{ Tout fert, hélas ! à m'allarmer.

Colin. { Mon ame fidelle & conſtante
       { Mettra ſon bonheur à t'aimer.

Roſe.   Avec le tems cette ardeur peut s'éteindre.

Colin.   Non, non, jamais ; non, tu n'as rien à craindre.

Roſe. { Je ceſſerai de regner ſur ton cœur.
      { Ah ! ta Roſette en mourra de douleur.

Colin. { Peux-tu ceſſer de regner ſur mon cœur ?
       { Sans ma Roſette, il n'eſt point de bonheur.

SCÈNE XII.

LES MÊMES, LE BAILLI.

COLIN, *au Bailli.*

AH ! Monſieur le Bailli ! je n'ai d'eſpoir qu'en vous ;
Venez donc raſſurer Roſette :
Elle s'afflige, s'inquiète :
J'ai beau lui dire que pour nous
Vous avez toujours même zèle.....

LE BAILLI.

Oui, mes enfans, oui, je vous l'ai promis.
A mes engagemens vous me verrez fidèle.
Aimez-vous bien toujours, & n'ayez nuls ſoucis.
Je veux même..... (La choſe eſt un peu difficile :)
De Perrette & Lucas rapprocher les eſprits.

COLIN.

Quoi! vous feriez affez habile?....

LE BAILLI.

J'efpere y parvenir; les moyens que je prends
Sont peut-être un peu violens;
Mais l'effet en eft sûr.

BABET.

Ah! j'apperçois ma tante.

LE BAILLI.

Eloignez-vous.

BABET.

Elle a l'air bien contente.

LE BAILLI.

(A Rofe.)

Partez. Et vous, diffipez vos chagrins.
Allez : vos intérêts font en de bonnes mains.

(Ils fortent, & le Bailli refte feul.)

En effet, Madame Perrette
Paroît affez tranquile, & compte de l'argent.

SCÈNE XIII.

LE BAILLI, PERRETTE.

PERRETTE, *sans voir le Bailli.*

AH!......j'ai donc trouvé la cachette.
Il n'm'en avoit rien dit le traître! mais comment
A-t-il amassé cette somme?

LE BAILLI.

Courage, allons de la gaieté.

PERRETTE.

Ah! Monsieur le Bailli, je n'en ai plus; quel homme!
Vous l'avez vu tantôt; à quelle extrémité
Il me réduit!

LE BAILLI.

J'ai vu votre vivacité.

PERRETTE.

N'étoit-elle pas bien fondée?
Un brutal! un méchant!.... Il faut nous séparer.
C'en est fait, avec lui je n'peux plus demeurer.

LE BAILLI.

C'est la premiere fois que, sur la même idée,
Je vous trouve d'accord. Car lui, de son côté,
Déclare qu'avec vous il ne sauroit plus vivre.

PERRETTE.

Tant mieux. J'ai dans la tête un plan tout concerté,
Je suis maitresse de le suivre.

LE BAILLI.

Et quel est-il ?

PERRETTE.

Ah ! çà, vous m'allez sermoner :
Mais j'n'en rabatt'rai rien. Il faut que je m'délivre
Un' bonn'fois des tourmens qu'il n'cesse de m'donner.
Vous savez le moyens qu'il faut mettre en usage.
Vous m'aiderez là-d'dans: t'nez, c'est que j'voudrois bien,
Sous votre bon plaisir, casser notr'mariage.

LE BAILLI.

Le casser..... tout-à-fait ?

PERRETTE.

Sans qu'il en reste rien.

ARIETTE.

Un prisonnier dans un cachot,
Qui ne voit jamais la lumiere,
Qui n'a d'autre lit que la terre,
N'aspire qu'à sortir bientôt.
Avec la même ardeur je brûle
De voir briser mes tristes nœuds :
Sans délai, comme sans scrupule,
Aidez-moi, secondez mes vœux.
C'en est fait, j'y suis résolue.
Ma liberté, ma liberté !
Ah, si tu peux m'être rendue,
Quel plaisir, quelle volupté !

LE BAILLI.

Mais vous n'y penfez pas : fongez
En quel procès vous vous plongez ;
Avez-vous des raifons ?

PERRETTE.

Si j'en ai ! plus de mille ;
D'abord , quand j'l'ai pris pour mari ,
C'eft que j'avois d'l'amour pour lui.

LE BAILLI.

Il faut l'aimer encor.

PERRETTE.

Ça m'eft trop difficile ,
Impoffible ; & puis lui, je fais qu'il n'm'aime plus.

LE BAILLI.

Il faut vous rendre plus aimable.

PERRETTE.

J'y f'rois des efforts fuperflus ;
Et puis… voilà le point le plus confidérable :
En l'époufant , j'ai mis dans le traité
Que je ferois heureufe.

LE BAILLI.

Il tient à vous de l'être.

PERRETTE.

Non ; car il veut être le maître ;
Et mon bonheur , à moi , c'eft d'fair'ma volonté.

LE BAILLI.

Eh ! mais la raifon l'autorife ….

PERRETTE.

Moi ! qu'à ses loix je sois soumise !

LE BAILLI.

ARIETTE.

Avant le mariage,
Guidé par l'amour & l'espoir,
L'amant soumis chérit son esclavage ;
Il obéit , c'est son devoir.
Du jour de l'hymenée,
Il rentre dans ses droits.
A son tour, il donne des loix.
A lui céder en tout la femme est destinée.
Les deux époux ainsi font un échange, un troc.
Je voudrois remplir votre attente ;
Mais il est une loi constante
Qui défend que la poule chante
Plus haut que le coq.

PERRETTE.

Je n'entends rien à ces mysteres :
Ils sont trop hauts pour moi , trop relevés ;
Mais on dit que dans les affaires
L'argent fait tout.

LE BAILLI.

Vous en avez ?...

PERRETTE.

Pour obtenir ce que j'desire ,
Cent pistoles ne m'tiendront pas :
Voyez si cela peut suffire.
Les voilà.

LE BAILLI, *à part.*

C'eſt le prix des vignes de Lucas :
Je reconnois la bourſe.

PERRETTE.

Eh bien ?

LE BAILLI.

Ceci commence

A fournir de bonnes raiſons.

(Gravement.)

Pour motiver une Sentence,
Il faut verbaliſer. Voyons,
Expoſez vos griefs. Vous a-t-il en colere
Dit des mots mal ſonnans ?

PERRETTE.

Qu'eſt-ce-à dire ?

LE BAILLI.

Des mots

Injurieux , choquans ?

PERRETTE.

Sans doute ; à tout propos.

LE BAILLI.

Fort bien. Vous auroit-il d'une main téméraire]
Frappée un tant ſoit peu.

PERRETTE.

Un tant ſoit peu ? Beaucoup.
Vraiment j'en porte encor les marques.

LE BAILLI.

Où?

PERRETTE.

Par-tout.

LE BAILLI.

Excellente, excellente affaire !

PERRETTE.

Vous voyez donc....

LE BAILLI.

Je vois que rien n'eft plus heureux ;
Vous n'aurez bientôt rien de commun tous les deux.

PERRETTE.

Point de quartier.

LE BAILLI.

Laiffez-moi faire.

PERRETTE.

Avant huit jours...

LE BAILLI.

Oh ! le tems n'y fait rien.
Il fuffit, je m'en mêle : allez, tout ira bien.

(*Elle fort.*)

(*La regardant fortir.*)
La charmante union ! la belle fympathie !
C'eft un fpectacle, dans la vie,
Bien doux & bien fatisfaifant,
Que de voir deux Epoux s'aimer fi tendrement !
Mais moi, dans mon marché, j'ai des vignes de refte ;
Mon argent me revient.

SCÈNE XIV.

SCÈNE XIV.

LE BAILLI, LUCAS.

LUCAS, *furieux*.

O Femme ! ô jour funeste !

LE BAILLI.

Ah, ah ! c'est vous, maître Lucas ?

LUCAS ; *courant.*

Rangez-vous, rangez-vous ; je ne vous r'connois pas :
Je n'me reconnois pas moi-même.

LE BAILLI.

Calmez-vous, revenez de ce désordre extrême.

LUCAS.

Pardi ! ça vous est bien aisé.
Vous possédez mon bien, vous l'avez. Misérable !
Que vais-je devenir ?

LE BAILLI.

Sur le prix proposé,
Je l'ai payé comptant.

LUCAS.

Il est vrai ; mais le Diable,

D

Le Diable s'en est emparé.
Ma femme a pris l'argent ; je suis désespéré.

LE BAILLI.

Tenez, maître Lucas , je suis franc & sincere,
Je vous le dis tout net ; vous méritez cela.

LUCAS.

Je le mérite ?

LE BAILLI.

Eh ! mais oui dà :
Vous avez dans l'humeur & dans le caractere….

LUCAS.

Quoi ! ma femme me volera ,
Et , pour me consoler , encore on me dira
Que je le mérite !

LE BAILLI.

Sans doute :
Votre ménage est en déroute.

LUCAS.

A qui s'en prendre ?

LE BAILLI.

A vous.

LUCAS.

A moi ?

LE BAILLI.

De vos emportemens justement courroucée ,

Perrette à moi s'eſt adreſſée ;
Elle aura contre vous le ſecours de la loi.

LUCAS.

Eh bien ! que la loi me puniſſe,
Pourvu que je l'aſſomme.

LE BAILLI.

Oh ! doucement, l'ami.

LUCAS, *ſe dépitant.*

Elle vous a gagné ; vous v'là de ſon parti.

LE BAILLI.

Je prends celui de la juſtice.

LUCAS.

Il vaut mieux m'en aller. Je r'viens à mon projet,
Et, ſi vous le voulez, ça ſera bientôt fait :
Achetez ma maiſon.

LE BAILLI.

Quoi ! vous voulez la vendre ?

LUCAS.

Je ne le voulois pas, vous le ſavez très-bien ;
Je voulois lui laiſſer cett' moitié de mon bien.
Car j'ai le cœur trop bon, trop tendre.....
Mais elle a fait ſa part, j'prends la mienne à mon tour.
Je veux, en quittant ce ſéjour,
N'y rien laiſſer que je regrette ;
Voyez... c'eſt une affaire faite :

Deux mots ajoutés au contrat,
Et mille francs au bout, termineront l'achat.

LE BAILLI.

(*A part.*)

Pauvres gens ! leur folie augmente ;
Mais il faut s'y prêter, pour les en corriger.

(*Haut.*)

Je le veux bien.

LUCAS.

C'est m'obliger.

LE BAILLI.

D'ailleurs, vous en avez une raison pressante :
Si votre femme vient à bout
D'obtenir un divorce ...

LUCAS.

Hein ? Quoi ?

LE BAILLI.

Si votre femme
Se fait démarier, comme elle s'y résout.

LUCAS.

Et vous approuvez ça ?

LE BAILLI.

Non certes, je la blâme ;
Mais vous vous détestez si cordialement,

Qu'il en peut arriver un jour, quelqu'accident.
En vérité, je crois bien faire
De lui prêter mon miniftere.
Elle a rendu fa plainte, & fourni des moyens
Pour être féparée & de corps & de biens.

LUCAS, *défefpéré.*

A merveille !... à merveille !... Ah , maudite vipere !

(*Se modérant.*)

C'eft donc à dire, par ainfi,
Qu'ell'pourra prendre un autr'mari ?

LE BAILLI.

Qui fçait, dans fon dépit, ce qu'elle pourra faire ?

LUCAS.

(*D'une colere froide.*)

Ell'fera bien.   N'parlons plus d'ça.
Vous ach'tez ma maifon ?

LE BAILLI.

Volontiers , touchez-là.

LUCAS.

C'eft marché fait.

LE BAILLI.

Adieu , prenez courage.
Lorfque vous n'aurez plus ni vignes , ni maifon,
Ni femme, alors la paix fera votre partage ;
Vous ferez riche affez de ce précieux don.

LUCAS.

C'eſt fort bien dit.

LE BAILLI.

Adieu, Lucas ; & bon voyage.

(*Il ſort.*)

SCÈNE XV.

LUCAS, BABET.

BABET, *accourant.*

AH, mon oncle, mon oncle ! eſt-il vrai ce qu'on dit ?

LUCAS, *penſif, & ſans prendre garde à Babet.*

Peut-on plus loin porter l'audace ?

BABET.

Je ne ſais ce que c'eſt ; mais tout le monde en rit.

LUCAS, *toujours à part.*

S'démarier d'avec moi ! Ce dernier trait me paſſe.

BABET, *le tirant par l'habit.*

Mon oncle, mon oncle !....

LUCAS, *bruſquement.*

Eh bien, quoi ?

B A B E T.

Vous ne me voyez pas ?

L U C A S, *brusquement.*

J'te voi.

B A B E T.

On dit comme ça que ma tante
N'est plus vot'femme.

L U C A S, *à part.*

Il faut qu'on nous ait j'té quelqu'sort.

B A B E T.

Qu'elle est veuve.

L U C A S, *vivement.*

Elle est veuve ! Est-ce que je suis mort ?

B A B E T.

Non : mais vous nous quittez. Ça fait qu'elle est vacante.
Déjà plus d'un galant s'présente,
Et s'offre à lui donner la main.

L U C A S, *brusquement.*

Est-ce-là tout ? pass'ton chemin.
J'ai dans la tête quelque chose.

B A B E T.

On dit aussi que ma cousine Rose
Va s'en-aller avec Colin.

L U C A S.

Je n'le souffrirai pas.

D iv

BABET.

Bon ! Ça s'fait en cachette.
On ne vous le dira qu'après la noce faite.

LUCAS, *en colere.*

Oh ! nous verrons cela.

BABET.

Mon oncle ?

LUCAS.

Qu'eft-ce encor ?

BABET.

Si tout le monde prend l'effor,
Quand ma coufine f'ra partie,
Je refterai donc feule ?

LUCAS.

Eh ! refte, fi tu veux.

BABET.

Emmenez-moi, j'vous tiendrai compagnie.

LUCAS.

Ça n'fe peut.

BABET.

J'vous en prie.

LUCAS.

Eh bien ! moi je t'en prie
Va-t'en.

BABET.

Si vous êt' si fâcheux,
Reſtez dans votre humeur ſauvage.
Quand je voudrai quitter l'Village,
Je n'manquerai pas d'amoureux,
Qui feront avec moi volontiers le voyage.

SCÈNE XVI.

LUCAS, *ſeul.*

ARIETTE.

DE tous côtés le ſort me perſécute.
Ah, je ſuccombe à mon malheur !
A tous les maux je ſuis en bute,
Et rien ne peut ſoulager ma douleur.
C'eſt ma femme. . . . C'eſt ce Diable
Qui me rend ſi miſérable.
Pour la fuir, où n'irois-je pas ?
Pauvre Lucas ! . . . .
Mais ma fille qui m'eſt chère. . . .
Par la faute de ſa mere,
Faut-il donc m'en ſéparer ? . . .
Elle-même prend la fuite ;
Pour Colin elle me quitte :
Nouveau chagrin à dévorer.
Ma nièce. . . . . Ah nièce, mère & fille !
Malheureuſe famille ! . . . .

De tous côtés le sort me persécute.
Ah, je succombe à mon malheur !
A tous les maux je suis en bute,
Et rien ne peut soulager ma douleur.

※

Faut être juste ; allons ; y a d'ma faute aussi.
Comme dit Monsieur le Bailli,
Faut y mettre du sien chacun, ou le ménage
Est à vau l'eau... Sans tarder davantage....
Si je r'viens le premier, je serai mal reçu ;
Ell' verra que je la regrette....
Elle en s'ra plus revêche....Ah, Perrette, Perrette !
Si tu voulois encor, rien ne seroit perdu.
N'est ce pas ell' qui vient ? elle est triste & pensive ;
La bile, à ç'qu'il m'paroît, n'est plus en mouvement ;
Cachons-nous ; que sçait-on ? si j'trouve un bon moment,
Je ferons quelque tentative.
(*Il se cache derriere un arbre.*)

SCÈNE XVII.

LUCAS, *caché*; PERRETTE.

PERRETTE, *se croyant seule.*

Qu'est-ce à dire? On commence à me montrer au doigt;
On dit qu'si mon mari me quitte,
Ça f'ra gloser sur ma conduite,
Que j'n'aurai plus d'honneur, & qu'on s'moqu'ra de moi.

LUCAS, *à part.*

L'orage est appaisé, je croi.

PERRETTE.

Et qui prendra soin de ma Fille?
Comment pourrai-je l'établir?
La honte de notre famille
Sur notre enfant va rejaillir.

LUCAS, *à part.*

Voudroit-elle se repentir?

PERRETTE.

Quand j'pense à ces momens les plus doux de ma vie....
Quand j'l'épousai ç'pauvre Lucas,
Nous n'avions pas d'maille à partie...
Pourquoi ça ne dure-t-il pas?

LUCAS, *à part.*

Ell'parl'de moi ; ça me touche…hélas !

D U O.

PERRETTE.

Unis tous deux par la tendreſſe,
Nous n'avions qu'une volonté.

LUCAS, *à part.*

C'eſt bien la vérité.

PERRETTE.

Toujours careſſe ſur careſſe ;
L'amour faiſoit notre félicité.

LUCAS, *à part.*

C'eſt bien la vérité.

PERRETTE.

Aux premiers traits de ſa colère,
Si j'euſſe oppoſé la douceur,
Une bouraſque paſſagere
N'eût point troublé notre bonheur.

LUCÁS, *à part.*

Oui.…la douceur
Gagne le cœur.

PERRETTE.

Son ton eſt dur, ſon ame eſt bonne.
Un rien l'auroit calmé d'abord.…
Mais il me quitte, il m'abandonne
Quel ſera donc mon réconfort ?

LUCAS, *à part*.

Et moi donc quel sera mon sort ?

PERRETTE.

Faut qu'un mari s'montre le maître ;
Sans quoi, l'on dit du mal de lui.
Lucas ! . . . Lucas ! . . . Où peut-il être ?
Reviens, reviens, tout s'ra fini.

LUCAS.

Ah, que mon cœur est attendri !
Je n'y tiens plus. V'là qu'est fini.

PERRETTE.

J'te d'mande pardon.

LUCAS, *se montrant tout-à coup*.

Je te le donne.

PERRETTE.

Te voilà donc ?

LUCAS.

Te voilà donc ?

PERRETTE.

J'te d'mande pardon.

LUCAS.

Je te le donne.

Et je te le d'mande à mon tour.

Perrette.   Mon cher mari. }
Lucas.   Chere moitié ! } je te pardonne.

Ensemble Et je te rends tout mon amour.

 LE RETOUR DE TENDRESSE,

PERRETTE.

Tout le paffé. . . .

LUCAS.

Va, je l'oublie.

PERRETTE.

Tu préviens, tu préviens mes vœux.

LUCAS.

Tu remplis mes vœux.

ENSEMBLE.

Que la paix regne entre nous deux.
Et de la chaîne qui nous lie
Refferrons, refferrons les nœuds.

LUCAS.

Nous v'là raccommodés.

PERRETTE.

Pour toujours.

LUCAS.

Je l'efpere.
C'eft fort bien. Mais qu'allons-nous faire ?

PERRETTE

Ce que nous faifons d'ordinaire,
Soigner nos vignes.

LUCAS.

J'n'en ai plus.

PERRETTE.

Nos sept quartiers ?

LUCAS.

Ils sont vendus.

PERRETTE.

Je n'sais pas ça.

LUCAS.

Je n'pouvois pas te l'dire.
C'est dans le tems…..

PERRETTE.

J'entends… à qui ?

LUCAS.

Hélas ! à Monsieur le Bailli.

PERRETTE.

En ç'cas, tu n'peux plus t'en dédire.
Eh bien ! j'les frons valoir pour lui.

LUCAS.

Ç'n'est pas l'tout : faut s'loger.

PERRETTE.

Pardi !
Notre maison n'a pas changé de place.

LUCAS.

Elle a changé de maître, & ç'est ç'qui m'embarrasse.

PERRETTE.

Tu l'as auſſi vendue ? à qui ?

LUCAS.

Hélas ! à Monſieur le Bailli.
Mais la ſomme que tu m'as priſe...

PERRETTE.

Je ne l'ai plus, je l'ai remiſe
Pour une affaire.

LUCAS.

Eh bien ! tu l'as remiſe... à qui ?

PERRETTE.

Hélas ! à Monſieur le Pailli.

LUCAS.

Ah ! le maudit Bailli ! comme de ma ſottiſe
Il a ſçu profiter !

SCÈNE XVIII·

SCÈNE XVIII & *derniere.*

LES MÊMES, LE BAILLI, ROSE, COLIN, BABET.

LE BAILLI.

Oui, je l'ai fait exprès ;
De vos égaremens quand vous paîriez les frais ;
Vous n'auriez encor rien à dire ;
Mais ce n'est pas mon but : j'ai voulu vous instruire
De la nécessité de conserver la paix.
Vous pouviez tous les deux vivre heureux & tranquiles ;
Et vous voilà sans bien, sans amis, sans asyles !
De vos divisions sentez-vous les effets ?

LUCAS, *pénétré.*

Eh bien ! Monsieur l'Bailli, ça n'arriv'ra jamais.
  (*Vivement.*)
Viens m'embrasser, viens, ma Perrette ;
Je te jure en ce jour une amitié parfaite.

 (*Au Bailli.*)
Je mourrai sans manquer au serment que je fais.

LE BAILLI.

Eh bien ! que de ce jour votre bonheur commence.

       E

Vos vignes font encore à vous, votre maifon;
Je vous rends tout.

LUCAS, *avec fenfibilité.*

Quoi! tout de bon?

LE BAILLI.

Je ne profite point d'un inftant de démence.

PERRETTE.

Que ne devons-nous point à vos foins généreux?

LE BAILLI.

J'en exige une récompenfe.

(*Montrant Rofe & Colin.*)

De ces jeunes Amans couronnez la conftance:
Ainfi que vous; qu'ils foient heureux.

PERRETTE.

Je le veux bien.

LUCAS.

Je n'demande pas mieux.

PERRETTE.

(*A fa Fille & à Colin.*)

Mes chers enfans!

LUCAS, *à Colin.*

Avanç', Colin, avance.

COLIN.

Monfieur Lucas.....

LUCAS.

Vas, vas, j'r'aime de cette humeur,
Embraſſe-moi.

COLIN.

De tout mon cœur.

LUCAS, *entre ſa Fille & Colin, & leur tenant la main*
à tous deux.

Mais ſouvenez-vous bien, ma fille, & toi, mon gendre,
Que, pour arriver au bonheur,
La concorde & la paix ſont l'chemin qu'il faut prendre.

BABET, *à Roſe.*

J'vous fais mon compliment, Couſine… en attendant.

LE BAILLI.

En attendant… hein, quoi ?

BABET.

Que l'on m'en faſſe autant.

CHŒUR FINAL.

Tous.

Sous les plus doux auſpices,
Ce jour heureux

Perrette & Lucas. Raffermit nos nœuds ;

Roſe & Colin. Voit former nos ⎱
⎰ nœuds.
Le Bailli & Babet. Voit former vos ⎰

E ij

Rose, Colin,
Lucas, Perrette,
le Bailli &
Babet.

> Quels plaisirs, quelles délices!
> Dans notre ardeur,
> Nous trouvons le bonheur;
> Vous trouvez le bonheur.

LE BAILLI *alternativement avec les autres.*

Mais ce bonheur ne dure guere,
Si la douceur ne l'entretient.
De l'hymen là chaîne est légere,
Quand c'est l'amour qui la soutient.
Sous les plus doux auspices, &c.

F I N.

A P P R O B A T I O N.

J'ai lu par ordre de M. le Lieutenant-Général de Police, *Le Retour de Tendresse*, Comédie, & je n'y ai rien trouvé qui en empêche l'impression. A Paris, ce 24 Août 1774, MARIN.

De l'Imprimerie de C A I L L E A U, rue Saint-Severin, vis-à-vis des murs de l'Église.

ARIETTES.

Amoroſo.

ROSE.

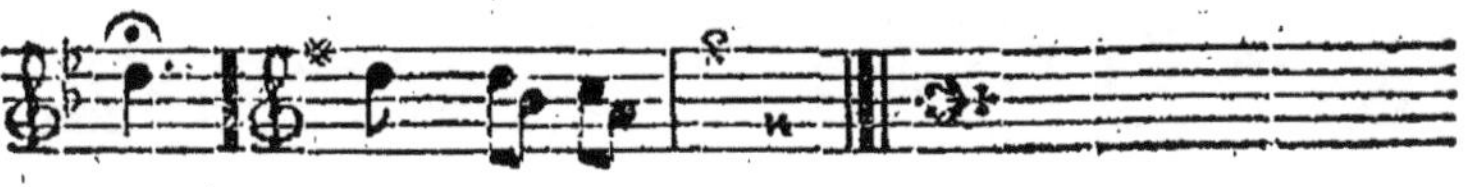

BABET.

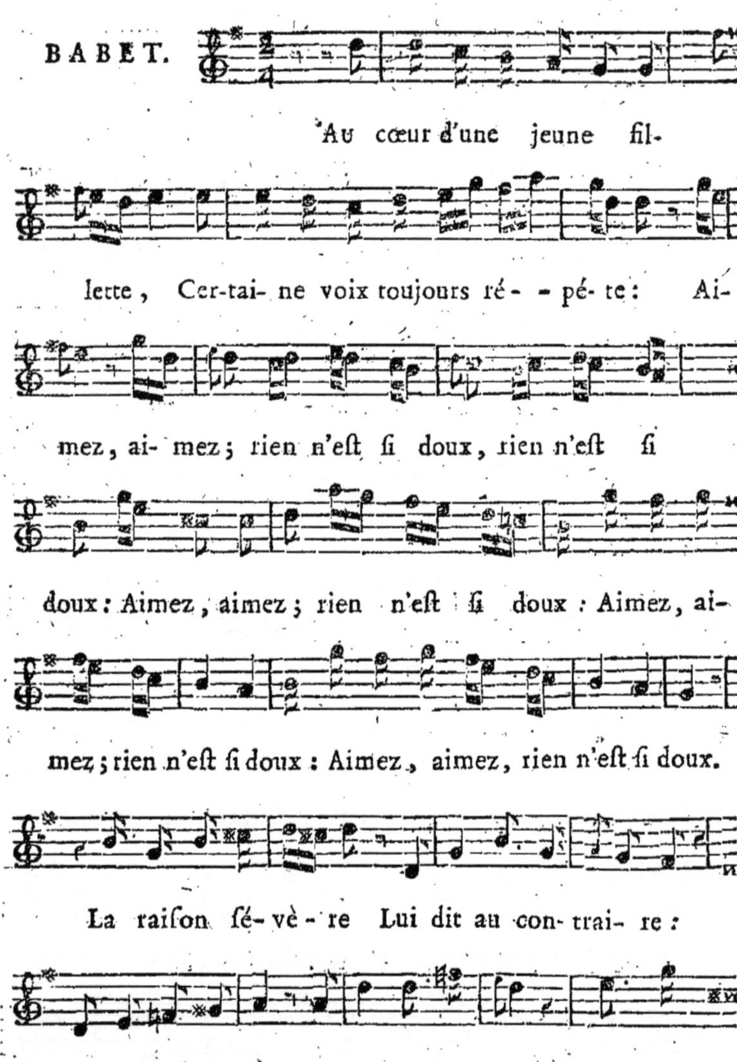
Au cœur d'une jeune fil-
lette, Cer-tai-ne voix toujours ré- -pé-te: Aimez, ai-mez; rien n'eſt ſi doux, rien n'eſt ſi
doux: Aimez, aimez; rien n'eſt ſi doux: Aimez, aimez; rien n'eſt ſi doux: Aimez, aimez, rien n'eſt ſi doux.
La raiſon ſé-vè-re Lui dit au con-trai-re:
Prenez-garde à vous. Voyez les Epoux; Ils mau-
diſſent tous L'inſtant où ſe forma leur chaîne.

Craignez, craignez la même pei - ne, Craignez la
même pei - ne. Discours perdu ; Le cœur
pré - ve -nu N'ouvre l'oreil - -le , n'ouvre l'o-
reille Qu'à l'a- mour qui le con- seil-le, Qu'à l'a-
mour qui le con- -seil- le. Moi-mê - me , moi-
même , je sens ce-là; Oui, oui, j'entends là,
là , là; J'entends cet- te voix se-cret- te , Qui
sans cesse me ré - pè- te : Ai- -mez, ai-mez; rien

n'eft fi doux, rien n'eft fi doux : Aimez, aimez ; rien

n'eft fi doux ; Aimez, aimez ; rien n'eft fi

doux ; Aimez, aimez, rien n'eft fi doux.